Collection de M. le Comte de N...

DEUXIÈME VENTE

ESTAMPES

ÉCOLE DU XVIIIe SIÈCLE

EN NOIR ET EN COULEUR

COSTUMES — CARICATURES — MODES

PORTRAITS

VUES — PIÈCES HISTORIQUES

Dont la vente aux enchères publiques aura lieu

HOTEL DES COMMISSAIRES-PRISEURS, RUE DROUOT, No 5

SALLE No 5

Le Vendredi 3 Juin 1881

A UNE HEURE ET DEMIE PRÉCISE

Me MAURICE DELESTRE
COMMISSAIRE-PRISEUR
Rue Drouot, no 27.

M. L. DUMONT
MARCHAND D'ESTAMPES
Quai des Grands-Augustins, 24.

PARIS — 1881

Collection de M. le Comte de N...

DEUXIÈME VENTE

ESTAMPES

ÉCOLE DU XVIIIe SIÈCLE

EN NOIR ET EN COULEUR

COSTUMES — CARICATURES — MODES

PORTRAITS

VUES — PIÈCES HISTORIQUES

Dont la vente aux enchères publiques aura lieu

HOTEL DES COMMISSAIRES-PRISEURS, RUE DROUOT, N° 5

SALLE N° 5

Le Vendredi 3 Juin 1881

A UNE HEURE ET DEMIE PRÉCISE

Me MAURICE DELESTRE	**M. L. DUMONT**
COMMISSAIRE-PRISEUR	MARCHAND D'ESTAMPES
Rue Drouot, n° 27.	Quai des Grands-Augustins, 21.

PARIS — 1881

CONDITIONS DE LA VENTE

Elle sera faite au comptant.

Les adjudicataires payeront *cinq pour cent* en sus des enchères.

M. DUMONT, chargé de la vente, se réserve la faculté de rassembler ou de diviser les lots.

Paris. — Imprimerie Pillet et Dumoulin, 5, rue des Grands-Augustins.

DÉSIGNATION

ALIX (P. M.)

1 — D'Alembert, — Condillac, — Mably. — Trois pièces in-fol., en couleur, avant la lettre.

Belles épreuves.

2 — Boileau, — La Fontaine, — Racine. — Trois pièces in-fol., en couleur, avant la lettre.

Très belles épreuves.

3 — Mme de Sévigné. In-fol. en couleur, avant la lettre.

Très belle épreuve.

4 — Rousseau, — Fontenelle, — Descartes, — La Bruyère. — Quatre pièces in-fol., en couleur, avant la lettre.

Belles épreuves.

5 — Bossuet, — Le pape Pie VII, — Buffon, — Malesherbes. — Quatre pièces in-fol., avant la lettre.

Belles épreuves.

6 — *Charlotte Corday*. In-fol., en couleur.

Très belle épreuve.

7 — Buffon, — Descartes, — La Fontaine. — Trois pièces in-fol., en couleur.

Belles épreuves.

ALIX (P. M.)

8 — Montesquieu, — Linnée, — Fénelon, — Diderot, — Montaigne. — Cinq pièces in-fol., en couleur.

Belles épreuves.

9 — Lycurgue, — Solon, — Brutus. — Trois pièces in-fol., en couleur, avant la lettre.

Belles épreuves.

10 — Dubois, — Desseaux, médecins, etc. — Trois pièces in-fol., en couleur.

Belles épreuves.

11 — *William Pitt.* In-fol., en couleur.

Très belle épreuve.

ALMANACHS HISTORIQUES

12 — Les actions héroïques de Louis le Grand en l'an 1684. La Prise de Luxembourg, commandée par le maréchal de Créquy, Gênes foudroyée par l'armée navale, commandée par M. Duquesne. A Paris, chez N. Langlois. — Les Illustres projets de Louis le Grand heureusement exécutés par lui-même par la prise de la ville et du château de Namur, le 30 juin 1692. La bataille de Steinkerque, en Flandre, le 3 août 1692. A Paris, chez N. de Larmessin. — Deux pièces grand in-fol.

Belles épreuves.

13 — La force du renard, où le prince d'Orange fait travailler les forgerons à son profit. A Paris, chez Jollain. — Le Triomphe de la religion. Les Saints, le Pape et les Princes chrétiens agenouillés. La Vierge dans une guirlande de roses. Pièce non terminée; les cartouches sont sans les inscriptions et avant toutes lettres. — Deux pièces grand in-fol.

Très rares.

AUBERT, AUBRY, AVELINE

14 — La Revendeuse à la toilette, par C. Duflos, — Les Amants curieux, par Le Vasseur, — Le Toucher. — Trois pièces.

Belles épreuves. Grandes marges.

BALÉCHOU

15 — Madame Louise-Élisabeth de France, duchesse de Parme, — (La Terre,) d'après Nattier.

Belle épreuve. Grandes marges.

BALÉCHOU, BEAUVARLET, BERVIC

16 — Rollin, d'après Coypel, — Les Enfants du duc de Béthune, d'après Drouais, — Senac de Meilhan, d'après Duplessis. — Trois pièces.

Très belles épreuves. Grandes marges.

BAUDOUIN

17 — Les Amours champêtres, — Les Amants surpris. — Deux pièces, par Choffard.

Belles épreuves. Marges.

18 — Les Amants surpris, par Choffard.

Très belle épreuve. Grandes marges.

19 — Le Coucher de la mariée, gravé à l'eau-forte, par J.-M. Moreau, et terminé au burin par Simonnet.

Très belle épreuve. Grandes marges.

20 — La Sentinelle en défaut, par de Launay.

Belle épreuve. Marges.

21 — Le Désir amoureux, par Mixelle. — Pièce en couleur.

Belle épreuve avant toutes lettres et avant que le groupe des deux amants ait été effacé.

BELLE (Étienne de la)

22 — Vue perspective du Pont-Neuf de Paris, — Bataille des Amalécites, — Cavaliers dans la campagne. — Trois pièces.

Belles épreuves.

BÉNARD

23 — La Batteuse de beurre, — La Fileuse. — Deux pièces, par C. Duflos.

Très belles épreuves. Grandes marges.

BÉNAZECH. BOUILLON

24 — Journée du 20 juin 1792, — Dévouement de Madame Élisabeth,—La Séparation de Louis XVI d'avec sa famille, — Les Derniers moments de Louis XVI, — La Séparation de Marie-Antoinette d'avec sa famille, — Marie-Antoinette devant le tribunal révolutionnaire. — Six pièces, gravées par Cazenave et Vérité.

Belles épreuves. Grandes marges.

BERTAUX

25 — Vue intérieure de Paris, représentant le Port au blé, — Vue intérieure de Paris, prise du Pont-Royal. — Deux pièces, d'après le chevalier de l'Espinasse.

Belles épreuves, dont une avant la dédicace.

26 — La Place de Louis XVI et la salle d'Opéra.

Très belle épreuve. Grandes marges.

BINET

27 — L'Innocence reconnue, gravée par Patas.

Très belle épreuve d'une pièce rare. Marges.

BOILLY

28 — La Douce résistance, par Tresca, — Que n'y est-il encore? — Deux pièces, dont une avant la lettre.

Belles épreuves. Marges.

BOREL

29 — Le Maréchal des logis, par Voysard.

Épreuve avant la dédicace. Marges.

BOSIO

30 — Le Lever des ouvrières en linge, — Le Coucher des ouvrières en linge. — Deux pièces, en couleur.

Très belles épreuves Grandes marges.

31 — Les Oublies, — Le Cache-cache. — Deux pièces, en couleur.

Très belles épreuves. Grandes marges.

BOSSE (Abraham)

32 — L'Infirmerie de l'hospital de la Charité de Paris.

Très belle épreuve du 1er état, avant que les fonds aient été repris.

33 — La Galerie du palais.

Superbe épreuve, avec l'adresse de Leblond.

34 — L'Hotel de Bourgogne.

Superbe épreuve, avec l'adresse de Leblond. Marges.

35 — Le Mari qui bat sa femme, — La Femme qui bat son mari. — Deux pièces.

Très belles épreuves, avec l'adresse de Leblond. Marges.

36 — L'Accouchée, — La Saignée. — Deux pièces.

Belles épreuves, avec l'adresse de Leblond.

37 — Le Peintre.

Belle épreuve, avec l'adresse de Leblond.

38 — Les Éléments. — Suite de quatre pièces.

Très belles épreuves. Grandes marges.

39 — Jacques Callot, — Le Bal. — Ensemble, deux pièces.

Très belle épreuve. Marges.

BOUCHER

40 — Les Présents du Berger, par Lempereur.

Très belle épreuve. Grandes marges.

B.

41 — M. de Voltaire, dessiné à Ferney, et gravé par M. B., 1765.

Très belle épreuve. Grandes marges.

CARICATURES

42 — Le Bain à la papa, — Le Bain des grasses et des maigres, — Le Paquebot, — Il la gobe, — L'Antiquaire, — Le Bouquiniste, — L'Amateur de tableaux, etc. — Dix pièces coloriées.

Belles épreuves. Grandes marges.

*

CARICATURES

43 — Armées des souverains alliés, — Les Écossais à Paris, — L'Amateur anglais, — La Nouvelle mode merveilleuse, — Very frères, etc. — Dix pièces coloriées.

Belles épreuves. Grandes marges.

44 — Le Pied de nez, — Soirée amusante de la terrasse du Luxembourg, — Les Amateurs, — Les Coulisses de l'Opéra, — Chacun son tour. — Cinq pièces coloriées.

Belles épreuves. Grandes marges.

45 — Le Petit Coblentz, — La Constitution, — Le Bon poisson, — Le Poisson des dames, — Les Amateurs de l'éclipse, etc. — Vingt-sept pièces coloriées.

Belles épreuves.

CARMONTELLE

46 — Pas de deux, dansé à l'Opéra par Damberval et Mlle Allard, gravé par Tilliard.

Belle épreuve.

CHALLE

47 — Le Repos interrompu, — Le Souvenir agréable. — Deux pièces en couleur, par Vidal.

Belles épreuves. Marges.

CHARDIN

48 — Le Souffleur, — La Ratisseuse. — Deux pièces, par Lépicié.

Belles épreuves. Marges.

CHODOWIECKI

49 — Sujets gracieux, — Vignettes pour illustrations. — Ensemble, trente-sept pièces.

Belles épreuves.

CHOFFARD

50 — En-têtes de pages pour les Métamorphoses d'Ovide. — Cinq pièces.

Très belles épreuves.

CHOFFARD

51 — Perspective de la place royale de Louis XV, à Reims, — Vue de la rue des Tapissiers, — Vue en perspective du côté de la place royale de Louis XV, à Reims, opposé à l'hôtel des Fermes, — Plan géométral, — Plans et élévations. — Ensemble, cinq pièces.

Très belles épreuves. Toutes marges.

CHOFFARD (Attribué à)

52 — Vue d'une bataille, avant toutes lettres et non terminée. Grand in-folio.

Belle épreuve.

COCHIN

53 — La Fontaine enchantée de la vérité d'amour, par A. de Saint-Aubin.

Très belle épreuve. Grandes marges.

54 — Décoration du bal masqué donné par le roi.

Très belle épreuve ancienne. Grandes marges.

55 — Jacob arrive en Mésopotamie, aperçoit Rachel et se fait connaître à elle, d'après Lemoine, — Frontispice de l'Encyclopédie. — Deux pièces.

Belles épreuves. Marges.

COMMARIEUX

56 — Ah ! s'il y voyait !

Épreuve ancienne, en couleur. Grandes marges.

COPIA

57 — Le Forgeron de la Vendée. — Deux pièces, dont une à l'état d'eau-forte pure.

Très belles épreuves. Marges.

COUVAY

58 — Le Beau séjour des cinq sens, — Le Palais des facultés de l'âme. — Deux pièces. d'après Huret.

Belles épreuves.

COYPEL

59 — L'Air grave que je fais paraître, par Lépicié, — Éducation sèche et rebutante donnée par une prude, — Éducation douce et insinuante donnée par une sainte. — Trois pièces.

Très belles épreuves. Toutes marges.

60 — La France rend grâces au ciel de la guérison du roi, — L'air grave que je fais paraître. — Deux pièces.

Belles épreuves. Grandes marges.

61 — Roland apprend, par les bergers, la perfidie d'Angélique et sa fuite avec Médor. Gravé par Surugue.

Très belle épreuve. Toutes marges.

62 — Moïse sauvé des eaux.

Belle épreuve.

63 — Don Quichotte. — Vingt-deux pièces.

Belles épreuves. Toutes marges.

DANIEL (William)

64 — Charles-Geneviève-Timothée, *chevalier d'Éon*.

Très belle épreuve. Toutes marges.

DAULLÉ

65 — Les Tendres adieux de la laitière, — L'École champêtre, d'après Le Nain, — La Vengeance de Latone, et. — Cinq pièces.

Belles épreuves.

DEBUCOURT

66 — Le Gourmand, — Le Canal, scène de patinage. — Deux pièces en couleur.

Belles épreuves. Marges.

67 — Monsieur et madame Franconi.

Très belle épreuve en couleur, avant la lettre. Marges. Rare.

68 — Le Jour de barbe d'un charbonnier, — La Toilette d'un clerc de procureur, — Il n'y a pas de feu sans fumée, — Le Modèle à barbe, — Le Rempailleur de chaises. — Cinq pièces en couleur, d'après Carle Vernet.

Belles épreuves. Marges.

DEBUCOURT

69 — Le Chiffonnier, — La Marchande de saucisses, — La Marchande d'eau-de-vie, — La Marchande de cerises, — Le Marchand de peaux de lapin. — Cinq pièces en couleur, d'après Carle Vernet.

Belles épreuves. Marges.

70 — Le Coup de vent, — La Partie de plaisir, — Mameluk, — Le Kalmouk, — Persan voulant dompter un cheval. — Cinq pièces en couleur, d'après Carle Vernet.

Belles épreuves. Marges.

71 — Le Cosaque galant, — Passez, payez, — Course anglaise, — Hussard français, — Officiers prussiens, — Hussard autrichien. — Six pièces en couleur, d'après Carle Vernet.

Belles épreuves. Marges.

72 — Promenade anglaise, — Famille écossaise, — Artilleur anglais, — Militaires écossais, — Anglais en habit habillé, — Le Courrier anglais. — Six pièces en couleur, d'après Carle Vernet.

Belles épreuves. Marges.

73 — Sujets de courses, — L'Enceinte du pesage, — L'Arrivée. — Deux pièces grand in-fol., en travers. — Avant toutes lettres.

Belles épreuves. Marges.

74 — Les premiers pas de Paul et Virginie.

Belle épreuve. Marges.

DESRAIS

75 — La Colonnade, — Le Cirque. — Deux pièces coloriées.

Belles épreuves.

DESHAYES-DUMÉNIL

76 — La Douce résistance, par Nicollet, — Le Traitant, — La Jeunesse indifférente, — Le Diseur de bonne aventure, — Distribution de fourrage. — Cinq pièces.

Belles épreuves.

ÉCOLE ANGLAISE

77 — *Ardell.* Georges, duc de Buckingham et son frère, d'après Van Dyck, — Portrait de femme, d'après Reynolds. — Deux pièces.

Belles épreuves.

78 — *Bartolozzi.* La Reine est traînée en prison, — Le Dauphin arraché des bras de sa mère. — Deux pièces.

Belles épreuves.

79 — Sujets divers. — Six pièces non terminées et avant la lettre.

Belles épreuves.

80 — *Dixon.* Ugolin dans sa prison, — Incrédulité de saint Thomas, — Pierre, Jacques et Jean. — Trois pièces.

Belles épreuves.

81 — *Earlom.* Atelier de peinture, d'après Toffani, —Les Sorcières de Macbeth, par Smith. — Deux pièces.

Belles épreuves.

82 — What you Will, d'après Smith.

Très belle épreuve.

83 — *Green.* Articles d'union présentés par les commissaires à la reine Anne, — Avènement de Louis XVI au trône de France, — Scène d'intérieur non terminée. — Ensemble, trois pièces.

Belles épreuves.

84 — *Strange.* Fortuna. — Physick, par Walker, — Diane et ses nymphes. — Trois pièces.

Belles épreuves.

85 — *Ward.* Le Duc de Clarence, in-fol. en pied.

Très belle épreuve. Marges.

86 — Portrait d'homme en buste, avec une scène de bataille dans le fond, — Portrait de femme en buste. — Deux pièces avant toutes lettres.

Belles épreuves.

87 — *Sullivan.* Quatre vues de châteaux, in-fol. en travers.

Belles épreuves.

ÉCOLE ANGLAISE

88 — Cromwell. Portrait en pied, encadrement avec allégories.

Belle épreuve.

89 — La Pêche miraculeuse. — Entrevue entre lady Jane Grey et Roger Ascham, — The poor Soldier. — Trois pièces en couleur.

Belles épreuves.

90 — Sa Majesté la reine Victoria, par Ryal, — Sujets divers, d'après Morland, Bartolozzi, etc. — Ensemble, onze pièces.

CARICATURES ANGLAISES

91 — Vife and no Wife or a trip to the continent, — Consequences of a successful French invasion, trois planches, par Gillray. — Ensemble, quatre pièces coloriées.

Belles épreuves.

92 — Summer amusement at Margate, par Rowlandson A royal salute, — Steward's court of the manor of torre devon, — Bat-Cat et Mat, — John Bull supporting the nuptial bed, etc., etc. — Ensemble, dix pièces coloriées.

Belles épreuves.

93 — *Rowlandson.* A Table d'hôte, or french ordinary in Paris. — Pièce coloriée.

Très belle épreuve.

94 — Suite de caricatures, par Rowlandson, d'après Bunbury. — Vingt-trois pièces.

Très belles épreuves.

95 — The Heiress. Suite complète de six pièces. — Lexicographical illustrations. — Suite complète de quatre pièces. — Living made easy. — Douze pièces, — Originals. — Quatre pièces. — The march of intellect-political mechanical, philosophical, philantrophical, fashionable, professionnal. — Six pièces. — Humorous scraps. — Sept pièces. — Illustrations of gay's fables, deux pièces. — Vays and means. — Ensemble, quarante-deux pièces coloriées.

Très belles épreuves.

EISEN (Ch.)

96 — Le Bouquet bien reçu, — La Comète. — Deux pièces.

Très belles épreuves. Grandes marges.

97 — La Dame de charité, par Voyez l'aîné.

Très belle épreuve. Toutes marges.

98 — Les Désirs satisfaits, par Patas.

Belle épreuve.

99 — La Jolie charlatane, — Le Petit donneur d'avis. — Deux pièces.

Belles épreuves. Marges.

100 — Ma bonne maman, tenez, etc. — Les trois Grâces. — Deux pièces, rares.

Belles épreuves. Marges.

101 — Le Printemps, par de Longueil.

Très belle épreuve avant la lettre. Marges.

102 — Le Concert méchanique, par de Longueil.

Belle épreuve avant le lustre effacé. Marges.

FRAGONARD

103 — La Bonne mère, par de Launay.

Belle épreuve avec les armes et la dédicace à M. de Pressigny. Marges.

104 — L'Heureuse fécondité, par de Launay.

Très belle épreuve. Toutes marges.

105 — Le Pot au lait, par Ponce.

Très belle épreuve. Grandes marges.

106 — Le Serment d'amour.

Très belle épreuve. Marges.

107 — Le Songe d'amour, par Regnault.

Épreuve avant la lettre, le titre et les noms tracés à la pointe. Marges.

VIGNETTES

POUR LES CONTES DE LA FONTAINE

108 — Le Faucon. Épreuve non terminée, petites marges. — La Gageure des trois commères (1re planche), épreuve non terminée. — Le Cocu battu et content, épreuve avant les noms des artistes. Grandes marges. — Ensemble, trois pièces.

Belles épreuves.

109 — Le Paysan qui a offensé son seigneur, — Le Faucon, — La Gageure des trois commères (2e planche). — Le Juge de Mesle, — La Fiancée du roi de Garbe. — Cinq pièces.

Très belles épreuves. Grandes marges.

FREUDEBERG

110 — Les Adieux du laboureur, — Le Musicien du hameau. — Deux pièces, par Trière.

Très belles épreuves. Marges.

111 — Le Négociant ambulant.

Très belle épreuve. Grandes marges.

112 — Le Négociant ambulant, — Le Soldat en semestre. — Deux pièces, par Ingouf.

Très belles épreuves. Marges.

GAILLARD, LAUGIER, etc.

113 — Joly de Fleury, — Jacques Delille, — Th. Bignon, par Pitau. — Trois pièces.

Belles épreuves. Grandes marges.

GARDETTE (P. C. DE LA)

114 — Bibliothèque Sainte-Geneviève.

Très belle épreuve. Grandes marges.

GILLOT

115 — Nouveau livre de principes d'ornements, particulièrement pour trouver un nombre infini de formes qui en dépendent, d'après les dessins de C. Gillot, peintre du roi. — Suite complète de douze pièces.

Très belles épreuves. Marges.

GILLOT

116 — Costumes et habillements d'opéras. — Cinquante-neuf pièces très curieuses et très rares.

Belles épreuves.

GIRARDET

117 — Le Champ de mai 1815.

Très belle épreuve avant toutes lettres. Grandes marges.

GREUZE

118 — L'Enfant gâté, par Malœuvre.

Très belle épreuve. Grandes marges.

119 — La Fille confuse, par Ingouf, — La Maman, par Beauvarlet. — Deux pièces.

Belles épreuves. Marges.

120 — La Petite fille au chien, par Porporati.

Très belle épreuve. Marges.

121 — Le Gâteau des rois, par Flipart.

Belle épreuve, signée au verso. Marges.

122 — Le Petit boudeur, — La Petite fille au chien, — Jeune Fille lisant. — Trois pièces.

Belles épreuves. Marges.

HUET

123 — L'Amour offrant des présents à Ariane, — Offrande présentée par l'Amour à la Fidélité. — Deux pièces en couleur, gravées par Bonnet.

Belles épreuves. Marges.

124 — Le Concert des trois Grâces, — L'Amour fait offrande de son cœur à Vénus, — Jupiter descend avec toute sa majesté, — Jeune Femme avec un abbé, — Vénus et l'Amour. — Cinq pièces.

Belles épreuves.

HUBNER

125 — La Pharmacie rustique, ou représentation exacte de l'intérieur de la chambre ou Michel Schuppach tient ses consultations.

Très belle épreuve. Marges.

INGRES

126 — M. de Bombelles, — M. de Pastoret, — Bartoloni. Deux épreuves. — Legentil, par Calamatta, — Portrait par H. Dupont. — Ensemble, six pièces.

Belles épreuves.

ISABEY (J.)

127 — Caricatures coloriées. Suite très curieuse et très rare ; les nos 10 et 12 manquent. — Ensemble, dix pièces.

Très belles épreuves. Grandes marges.

JANINET

128 — L'Agréable négligé, d'après Baudouin.

Belle épreuve. Marges.

129 — Bacchus préside à la fête, d'après Caresme.

Très belle épreuve. Grandes marges.

130 — Mme Dugazon, — Mme Saint-Huberti, — Mlle Maillard, Mlle Colombe l'aînée, — Mlle Fleury, — Mlle Contat, Mlle Colombe, — Mme Saint-Aubin. etc., etc. — Portraits d'acteurs et d'actrices, en costume de théâtre.—Ensemble, cinquante-trois pièces.

Très belles épreuves. Grandes marges.

131 — Première et deuxième ruines romaines, d'après Guyot. Ovales en hauteur, — Restes d'un ancien temple. — Trois pièces.

Belles épreuves.

132 — Vue du Louvre, — Première et deuxième vues des Tuileries, — Vue de l'hôtel royal des Invalides, etc. — Ensemble, six pièces.

Belles épreuves. Marges.

JAZET

133 — Bivouac des Cosaques aux Champs-Élysées, d'après Sauerweid.

Très belle épreuve en couleur, avant la lettre. Toutes marges.

134 — Course de traîneaux à Krasnoï-Kabak, d'après Sauerweid.

Très belle épreuve en couleur, avant la lettre. Toutes marges.

135 — L'Accordée de village, — Le Braconnier pris, — Le Jour de loyer, — Le Colin-Maillard. — Quatre pièces en couleur.

Belles épreuves. Marges.

JEAURAT

136 — Le Carnaval des rues de Paris, — Le Transport des filles de joie à l'hôpital. — Deux pièces par Le Vasseur.

Très belles épreuves. Grandes marges.

137 — Les mêmes pièces en réduction.

Belles épreuves. Grandes marges.

138 — L'Exemple des mères, — L'Éplucheuse de salade, par Beauvarlet. — Deux pièces.

Belles épreuves. Marges.

LACOUR

139 — Arrivée du comte d'Estaing au port de Brest, sujet allégorique dédié à la patrie, — Le Nouveau Jeu de la Marine, Pièce en forme de jeu d'oie, avec des attributs de marine. — Deux pièces in-fol, en travers.

Rares.

LANCRET

140 — L'Été, — L'Automne. — Deux pièces, par de Larmessin.

Belles épreuves. Marges.

141 — L'Air, — L'Eau, — La Terre. — Trois pièces, par Cochin, Tardieu.

Belles épreuves. Marges.

LANCRET

142 — Récréation champêtre, — Le Jeu des quatre coins. — Deux pièces.

Belles épreuves. Marges.

143 — Mademoiselle Camargo, par L. Cars.

Très belle épreuve. Marges.

144 — Granval, par Lebas.

Très belle épreuve. Grandes marges.

LARMESSIN (DE)

145 — Marie-Josèphe de Saxe, dauphine de France, d'après Van Loo, — Marie Josèphe, reine de Pologne, par Daullé. — Deux pièces in-folio.

Belles épreuves.

LAUNAY (DE)

146 — L'Acte d'humanité, d'après de Fraine.

Très belle épreuve. Grandes marges.

147 — Les Différents goûts, — La Chute inévitable. — Deux pièces.

Belles épreuves.

LAVREINCE

148 — La Consolation de l'absence.

Très belle épreuve. Toutes marges.

149 — L'Heureux moment.

Très belle épreuve. Grandes marges.

150 — La Partie de musique.

Très belle épreuve. Toutes marges.

151 — L'Accident imprévu, — La Sentinelle en défaut. — Deux pièces.

Belles épreuves. Marges.

152 — La Comparaison, par Janinet.

Très belle épreuve en couleur. Petites marges.

153 — L'Aveu difficile, par Janinet.

Très belle épreuve en couleur. Petites marges.

LEBARBIER

154 — Couronnement de La Fontaine par Ésope, gravé par Guttemberg.

Très belle épreuve avant la dédicace. Grandes marges.

155 — Les Canadiens au tombeau de leur enfant. — Deux pièces dont une à l'eau-forte pure.

Très belles épreuves. Marges.

LEBRUN (Mme E.)

156 — La Paix ramène l'abondance.

Très belle épreuve sur chine, avant la lettre.

157 — Nicodème, — Babichon, par Basan, — Charles Minart, — Michel Le Clerc, par Ingouf. — Quatre pièces.

Belles épreuves.

LEGRAND (A.)

158 — La Servante justifiée.

Belle épreuve. Marges.

159 — Mademoiselle Roze, — Portrait avec jolie coiffure.

Belle épreuve en couleur. Marges.

LELEU (L. D.)

160 — Cortège de S. M. Napoléon Ier passant devant le palais du Tribunat, 2 décembre 1804.

Belle épreuve.

LEMIRE

161 — La Pupille, d'après Descamps.

Très belle épreuve. Grandes marges.

LEPRINCE

162 — L'Amour des fleurs, par Chevillet.

Très belle épreuve. Grandes marges.

163 — Le Bonheur du ménage, par de Launay.

Très belle épreuve. Marges.

164 — Le Berceau, — Les Filets, — Vue des environs de Nerva, — Costumes. — Cinq pièces.

Belles épreuves.

LEVACHEZ

165 — Portraits des personnages de la Révolution, avec les bas-reliefs de Duplessis-Bertaux. — Ensemble, quarante-cinq pièces.

Belles épreuves. Grandes marges.

LÉVILLY

166 — La Valse, — Le Prélude, — Le Troubadour, — Le Charbonnier, etc. — Six pièces.

MACHY (DE)

167 — Vue du port Saint-Paul, gravée par Descourtis.

Belle épreuve en couleur.

MALLET

168 — La Nouvelle intéressante, par Mixelle.

Très belle épreuve en couleur. Marges.

169 — L'Arrivée du modèle, — L'Amour vierge, — L'Amour désarmé, — Le Maréchal des logis, — **La Jeune villageoise.** — Cinq pièces en couleur.

MARIAGE

170 — Les Heures, d'après Raphaël. — Douze pièces.

Belles épreuves. Grandes marges.

MARTINET

171 — Ferdinand VII jurant fidélité à la constitution. — Départ de la frégate *la Constitution*, — Arrivée à Cadix du général Quiroga, — Ovations faites au roi à son arrivée. — Quatre pièces gravées en couleur, par Levachez et Jiosse.

Belles épreuves.

MERCIER

172 — Le Jeune éveillé, par Avril.

Très belle épreuve. Grandes marges.

MIEREVELT

173 — Amélie de Solm, — Les Enfants du comte de Choiseul, par Beauvarlet, — Un Portrait de femme. — Ensemble, trois pièces.

MODES, COSTUMES, COIFFURES

174 — *Le Bon genre*. — Dix-huit pièces coloriées.

Très belles épreuves. Grandes marges.

175 — *Le Musée grotesque*. — Vingt-deux pièces coloriées.

Très belles épreuves. Grandes marges.

176 — *Le Suprême bon ton*. — Douze pièces coloriées.

Belles épreuves. Marges.

177 — *Lamy-Devéria*, etc. — Costumes du quadrille historique, dix-sept planches coloriées et le titre. — Ensemble, dix-huit pièces.

Très belles épreuves.

178 — Coiffures. — Douze pièces sur trois feuilles. — Suite complète pour un almanach.

Superbes épreuves.

179 *Hopwood* — Modes de 1806 à 1815. — Cinquante pièces coloriées.

Très belles épreuves.

MONDON

180 — Les Jeunes chasseurs, — Le Bal enfantin. — Deux pièces, — Le Marchand d'échaudés, par Joullain. — Ensemble, trois pièces.

Belles épreuves. Grandes marges.

MOREAU l'aîné

181 — Le Villageois entreprenant, par Patas.

Très belle épreuve. Marges.

MOREAU le jeune

182 — Décoration du sacre de Louis XVI, roi de France et de Navarre, à Reims.

Très belle épreuve ancienne. Grandes marges.

MOREAU le jeune

183 — J'en accepte l'heureux présage, par Trière.
Belle épreuve, avec le privilège. Marges.

184 — Déclaration de la grossesse, par Martini.
Belle épreuve. Grandes marges.

185 — N'ayez pas peur, ma bonne amie, par Helman.
Belle épreuve. Toutes marges.

186 — C'est un fils, monsieur, par Baquoy.
Belle épreuve. Toutes marges.

187 — Les Petits parrains, par Patas.
Belle épreuve. Toutes marges.

188 — Le Lever, par Halbon.
Belle épreuve. Toutes marges.

189 — La Petite toilette, par Martini.
Belle épreuve. Toutes marges.

190 — La Grande toilette, par Romanet.
Belle épreuve. Toutes marges.

191 — La Course de chevaux, par Guttemberg.
Belle épreuve. Toutes marges.

192 — La Matinée.
Belle épreuve. Grandes marges.

193 — Les Vœux accomplis, par Simonnet, — Henri IV, chez le meunier, par Caquet. — Deux pièces.
Très belles épreuves.

194 — Fidélité héroïque à la bataille de Pavie, par de Longueil.
Très belle épreuve avant la lettre, le nom du graveur tracé à la pointe. Petites marges.

195 — Mort du chevalier d'Assas, par Simonnet, avant la lettre, — Tombeau de J. J. Rousseau. — Deux pièces.
Belles épreuves. Toutes marges.

MOREAU le jeune

196 — Les Délices de la maternité, — C'est un fils, monsieur. — Les Précautions. — Rendez-vous pour Marly, — La Rencontre au bois de Boulogne. — Cinq pièces en réduction.

Très belles épreuves. Marges.

MORRET

197 — La Diseuse de bonne aventure, — L'Escamoteur. — Deux pièces en couleur.

Belles épreuves. Toutes marges.

MORIN, PITAU, etc.

198 — Talon. — Ch. de Bourbon, évêque de Soissons, par Landry. — Th. Bignon, par Pitau. — Denys Talon, par Lochon. — Quatre pièces.

Belles épreuves. Toutes marges.

ORNEMENTS

199 — *Van Kessel.* —Fleurs, Papillons.—Six pièces.— Vases, par Ducerceau. — Six pièces. Ensemble, douze pièces.

Belles épreuves.

OUDRY

200 — Bataille arrivée dans le tripot, — Chasses et natures mortes. — Cinq pièces.

Belles épreuves.

OZANNE

201 — Petit port de Bretagne, — Bas-reliefs, par Janinet, — Sanguines, par Huet. — Ensemble, huit pièces.

Belles épreuves.

PATER

202 — La Conversation intéressante, — Le Colin-maillard, — La Danse. — Trois pièces.

Très belles épreuves. Marges.

203 — Le Baiser donné, — Le Baiser rendu. — Deux pièces.

Belles épreuves.

PESNE, PIERRE, etc.

204 — La Charité, — L'Aurore et Titon, — Sujets divers. — Ensemble, huit pièces.

PIÈCES HISTORIQUES

205 — *Duplessis.* — La Révolution française, — La Liberté triomphante faisant amarrer le vaisseau de l'Etat au port de la Constitution, par Monsiau. — Deux pièces grand in-fol., en travers.

Belles épreuves.

206 — Trait de bienfaisance de Louis XVI. A l'eau-forte pure, — Charles X à cheval, avec son état-major. A l'eau-forte, — Retour de Louis XVIII à Paris. Pièce coloriée, — Louis XVIII à son bureau. Avant la lettre. — Ensemble, quatre pièces.

Belles épreuves.

207 — Représentation du sacre de Louis XV dans la ville de Reims, — Plans et détails des cérémonies. — Onze pièces. — Médailles du règne de Louis XV. Suite complète de soixante-treize planches. — Ensemble, quatre-vingt-quatre pièces.

Belles épreuves.

208 — Représentation de l'inauguration solennelle de Sa Sacrée Majesté Marie-Thérèse comme comtesse de Flandres, en la ville de Gand, le 27 avril 1744. Grand in-fol.

Belle épreuve.

209 — *Desrues.* — Douze pièces se rapportant à ses crimes et à sa condamnation.

210 — Henri IV ramené au Louvre après le coup funeste qu'il reçut à la rue de la Ferronnerie, par Ransonnette. — Guillaume Tell, libérateur de la Suisse. — Avant lettre. — Deux pièces grand in-fol., en travers.

Belles épreuves.

PIRANÈSI

211 — Plan de Rome, — Vue du temple de Cybèle, — Vue du temple de la Sibylle, à Tivoli. — Trois pièces. — Vues de Venise, d'après Canal. — Ensemble, cinq pièces.

Belles épreuves.

PRUDHON

212 — La Vengeance de Cérès, par Copia.

Belle épreuve. Toutes marges.

QUÉVERDO

213 — Le Berger amoureux, — Le Rendez-vous. — Deux pièces.

Très belles épreuves. Toutes marges.

214 — L'Amour lançant une flèche, — L'Amour qui sommeille, — L'Amour qui pleure, — La Pensée de l'Amour. — Quatre pièces.

Très belles épreuves. Grandes marges.

RÉGNAULT

215 — Le Matin, — Le Soir. — Deux pièces.

Très belles épreuves avant la lettre, seulement le nom de Regnault tracé à la pointe. Marges.

SAINT-AUBIN

216 — Le Premier arrivé est le mieux servi. — Gravé en couleur par Sergent ; rare.

Très belle épreuve. Marges.

217. — La Sollicitude maternelle, — La Tendresse maternelle, — L'Heureuse mère, — L'Heureux ménage. — Quatre pièces gravées en couleur par Sergent et Gautier.

Belles épreuves. Marges.

SAINT-NON

218 — Vues d'Italie, d'après Fragonard et H. Robert. — Eaux fortes de Fragonard. — Ensemble, sept pièces.

Belles épreuves.

SCHALL

219 — L'Élysée, — Les Appas multipliés, — La Nymphe Io, par Miger, — Vénus, d'après le Titien, — L'Amour châtié. — Six pièces.

SCHENAU

220 — Le Retour désiré, — Les Défauts corrigés par l'affront. — Deux pièces.

Belles épreuves.

SILVESTRE (ISRAEL)

221 — Différentes vues du château et des jardins, fontaines, cascades, canaux et parterres de Liencourt, dessinées et gravées par J. Silvestre, 1656. — Quinze pièces et le titre.

Très belles épreuves.

222 — Vue et perspective de la galerie du Louvre, — Vue du Louvre, coté du jardin, — Vue de l'Hôtel de Ville, — Vue du Luxembourg, — Perspective de l'église Notre-Dame, — Chapelle et maison de Sorbonne. Deux pièces. — Palais d'Orléans. Deux pièces. — Sainte-Chapelle et Chambre des comptes, — L'hôtel Saint-Paul, — Maison de Mme de Bretonvilliers. — Ensemble, treize pièces.

Très belles épreuves.

223 — Vues de Saint-Michel de Dijon, — Village de Bainville, Notre-Dame de l'Ile, — Pont de Grenoble, — Château de la Bastille, — Martyrs de Montmartre, — Les Feuillants, — Église Saint-Sauveur, — Quinze-Vingts, — Église de la Mercy, — Église des Filles du Calvaire, — Église du Temple, — Saint-Germain-en-Laye, — Saint-Denis de la Châtre, — Chapelle du château de Saint-Germain, — Église de Venteuil, — Saint-Pierre de Reims, — Églises de Nantes, — Château de Gaillon, — Église Sainte-Élisabeth, Église de Rueil. Deux pièces. — Les Filles de l'Annonciade, — Église des Carmélites, — Saint-Sulpice, — Château de Villeroy, — Pont-Neuf. — Ensemble, vingt-sept pièces.

Très belles épreuves. Toutes marges.

SILVESTRE (Israel)

224 — *Marot.*—Église Notre-Dame,—Saint-Germain-l'Auxerrois, — Sainte-Geneviève, — Saint-Eustache, — Saint-Sulpice, — Saint-Gervais, — Sorbonne, — Sainte-Élisabeth, — Noviciat des Jésuites, — Les Feuillants, — Les Filles Sainte-Marie. — Onze pièces.

Très belles épreuves. Marges.

225 — *Vues pittoresques de Paris et ses environs*, par A. Perelle. Très jolie collection comprenant soixante-neuf planches, dont une partie avant la lettre.—Album cartonné.

Très belles épreuves.

226 — *Les bords de la Seine.* — Album contenant vingt-quatre vues de villes entre Paris et le Havre. — Très jolies planches en couleur. Publié par Ackermann. Strand, London.

TABATIÈRES (Pièces dites)

227 — Le Matin, — Le Midi, — L'Après-dîner, — Le Soir. — Quatre pièces. — L'Enfance, — La Jeunesse, — L'Age viril, — La Vieillesse. — Quatre pièces. — Ensemble, huit pièces, formant deux suites complètes.

Belles épreuves. Rares.

228 — Le Souper galant, — Les Amants surpris, etc. — Sept pièces.

Belles épreuves.

TAUNAY

229 — Foire de village, — Noce de village, — La Rixe, — Le Tambourin. — Suite de quatre pièces gravées en couleur, par Descourtis.

Très belles épreuves. Marges.

230 — Foire de village, — Noce de village. — Deux charmantes pièces gravées en réduction, par Descourtis.

Très belles épreuves en couleur, de la plus grande rareté.

TAUNAY (A Paris, chez)

231 — Représentation exacte du grand collier en brillants des sieurs Boehmer et Bassenge, gravé d'après la grandeur des diamants. — Pièce curieuse et rare.

Très belle épreuve. Toutes marges.

THÉOLON

232 — Invocation à l'Amour, par Guttemberg, — L'Étonnement, par Voyez l'aîné, — Portrait de madame ***. — Ensemble, trois pièces.

Très belles épreuves. Marges.

VAN GORP

233 — La Curiosité punie, par Lempereur.

Belle épreuve. Toutes marges.

VAN LOO

234 — Marie, princesse de Pologne, par de Larmessin, — Le Joueur de musette (portrait de François Langlois) — Marie-Anne Perdrigeon. — Trois pièces.

Belles épreuves.

235 — L'Amour menaçant. — Mars et Vénus, — Le Coucher, par Porporati. — Trois pièces.

Belles épreuves.

VIGNETTES

236 — *Contes de La Fontaine.* — Le premier volume seulement, contenant quarante vignettes; plus, quarante-neuf vignettes détachées pour le premier et le second volume.

Belles épreuves.

237 — Les Deux Solitaires. — Tiré du théâtre de l'Ambigu-Comique. — Le Devin de village, in-4°, d'après Moreau le jeune, — Mademoiselle de La Vallière en Madeleine, par Saint-Aubin, etc. — Ensemble, six pièces.

Belles épreuves.

WATTEAU

238 — La Collation, par Moyreau.

Très belle épreuve. Grandes marges.

WATTEAU

239 — Comédiens français, par Liotard, — Pierrot content, par Jeaurat. — Deux pièces.

Très belle épreuve. Grandes marges.

240 — La Collation, par Moyreau, — Le Repas de campagne, par Deplace. — Deux pièces.

Très belles épreuves. Marges.

241 — Retour de chasse, Portrait de Madame de Verthamon, nièce de M. de Julienne, par B. Audran.

Superbe épreuve. Grandes marges.

242 — La Signature du contrat de la noce de village.

Belle épreuve.

243 — L'Embarquement pour Cythère, Eau-forte de Chaplin. — Plus, une eau-forte non terminée. — Deux pièces.

Belles épreuves.

WILLE

244 — La Cuisinière hollandaise, — Le Petit Wauxhall — La Vertu chancelante de Greuze, — Le Verrou de Fragonard, etc., etc. — Sept pièces.

WINKELÈS

245 — Grand bal donné à Amsterdam le 2 juin 1768. — Deux épreuves dont une avant toutes lettres, seulement le nom de l'artiste à la pointe. — Scène de comédie dans une rue hollandaise. — Trois pièces.

Très belles épreuves. Grandes marges.

246 *Recueil d'estampes* gravées d'après les tableaux de la galerie du comte de Brühl. — Volume contenant quarante-trois planches.

247 — Sous ce numéro, il sera vendu en lots un grand nombre d'estampes du XVIIIe siècle. — Eaux-fortes et lithographies modernes, etc.

PARIS. — Imprimerie PILLET ET DUMOULIN, rue des Grands-Augustins, 5.

www.ingramcontent.com/pod-product-compliance
Ingram Content Group UK Ltd.
Pitfield, Milton Keynes, MK11 3LW, UK
UKHW032018260826
14628UKWH00006B/2554

9 782329 444932